Trabalenguas

SI ESTE LIBRO SE PERDIERA,
COMO SUELE SUCEDER,
SUPLICO AL QUE LO ENCUENTRE
QUE LO SEPA DEVOLVER.
Y SI NO SABE MI NOMBRE,
AQUí LO VOY A PONER:
ES DE...
QUE A LA ESCUELA VA A APRENDER

ISBN 0-439-68369-6

Copyright © 2004 by Ediciones Kumquat
All rights reserved. Published by Scholastic Inc., by arrangement with Ediciones Kumquat, Ricardo Levene 936, Piso 12, CI425 AJB Buenos Aires, Argentina. Kumquat@kumquat.com.ar
SCHOLASTIC and associated logos are trademarks and/or registered trademarks of Scholastic Inc.

12 11 10 9 8 7 6 5 4 3 2   5 6 7 8 9/0

Printed in the U.S.A.   23

First Spanish printing, November 2004.

Trabalenguas

Alejandra Longo

Ilustraciones Daniel Chaskielberg
Diseño Andrés Sobrino

Scholastic Inc.
New York Toronto London Auckland Sydney
Mexico City New Delhi Hong Kong Buenos Aires

Si tu gusto gustara del gusto
que mi gusto gusta,
mi gusto también gustaría del gusto
que tu gusto gusta.
Pero como tu gusto no gusta
del gusto que mi gusto gusta,
mi gusto tampoco gusta del gusto
que tu gusto gusta.

El cielo está encapotado,
¿quién lo desencapotará?
El desencapotador que lo desencapote
buen desencapotador será.

Paco Peco, chico rico,
insultaba como un loco
a su tío Federico,
y éste dijo:
—¡Poco a poco,
Paco Peco, poco pico!

Tres tristes tigres
tragaban trigo
en tres tristes trastos
sentados tras un trigal.
Sentados tras un trigal,
en tres tristes trastos
tragaban trigo
tres tristes tigres.

–Compadre, cómpreme un coco.
–Compadre, coco no compro,
que el que poco coco come,
poco coco compra.
Yo, como poco coco como,
poco coco compro.

El amor es una locura
que ni el cura lo cura,
que si el cura lo cura,
es una locura del cura.

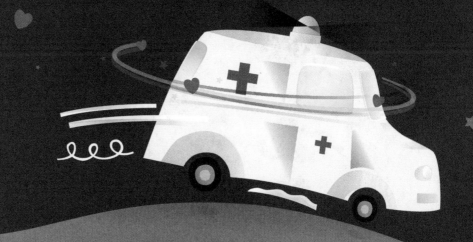

Me han dicho que has dicho un dicho,
que han dicho que he dicho yo.
El que lo ha dicho mintió,
y en caso de que hubiese dicho ese dicho
que han dicho que he dicho yo,
dicho y redicho quedó,
y estará bien dicho ese dicho
que han dicho que he dicho yo.

Cuando cuentes cuentos,
cuenta cuántos cuentos
cuentas, porque si no
cuentas cuántos cuentos
cuentas, nunca sabrás
cuántos cuentos cuentas tú.

1

2

3

4

5

6

7

Estoy de un fin a un sinfín.
Por ese fin me lamento.
A ver si este fin final
finaliza mi tormento.

Si Pancha plancha
con cuatro planchas,
¿con cuántas planchas
plancha Pancha?

No me mires
que nos miran.
Nos miran
que nos miramos.
Miremos que no nos miren
y cuando no nos miren
nos miraremos.
Porque si miran
que nos miramos
descubrir pudieran
que nos amamos.

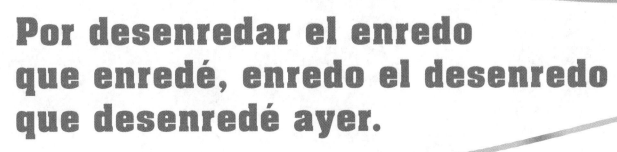

**Por desenredar el enredo
que enredé, enredo el desenredo
que desenredé ayer.**

En las partes de partes
que tú repartes,
veo que partes pronto
para otra parte.
Mas si partes me partes
de parte a parte.

Juan juega jugando,
Juanito jugando juega.
Con juegos juega Juan,
juega con juegos Juanito.
Juntos juegan con juegos,
Juan y Juanito, jugando.